爱有万分之一甜

楚河·作品

Love is sweet

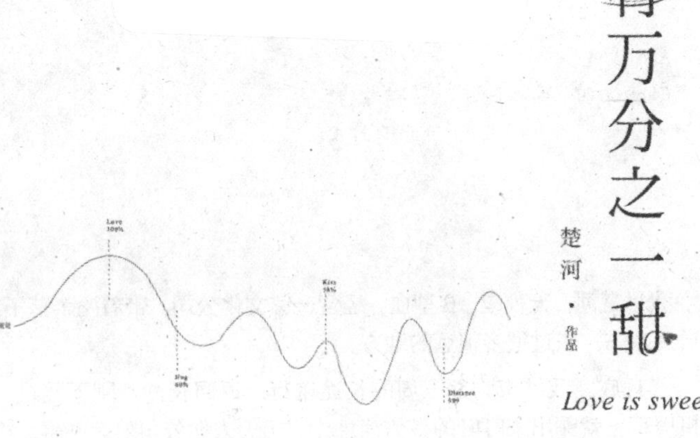

新浪微博 @Winny 楚河

内容简介：

真实军恋故事。

她是事业有成、儿女双全的女总裁；他是年轻有为、单身帅气的陆军少校，因为一场校园活动两人偶然结识。

一个独立要强，经营着一家文化公司，一个长期驻扎边防，常与丛林、大山为伍。怎么看也风马牛不相及的两个人，就这么从点头之交开始，经过交流、磨合，进而深入了解后，慢慢发展成了一对男女朋友。

他们之间的爱情不仅跨越了 9 岁的年龄差，还跨越了 3500 公里的距离和两个小时的时差，在一次次“翻山越岭去看你”“隔着屏幕望着你”中倾撒着异地恋独有的心酸与高甜……

Chapter01 英英白云，露彼菅茅

01

我是楚河，天秤座，B 型血，经营一家文化公司，带着两个孩子，出过几本书，去过很多很远的地方。

八月底，我结束为期三周的长途旅行，返回长沙。刚下飞机，手机屏幕上就蹦出来叮叮的微信消息：“明天去你公司附近办事，约个午饭。”

午饭就约在公司对面的洪记，点菜的时候，我也不知道自己哪根弦没搭对，竟然点了一碗冰粥，并且吃得一滴不剩——天知道，我刚好生理期诶！

果不其然，没过多久，我的小腹便开始隐隐作痛，我无心工作，只好百无聊赖地发朋友圈、刷朋友圈，看到温某人刚刚完成一个战斗三公里，也在哭爹喊娘，我便评论了一个字：疼。

他很快回复：生理期还吃冰粥，活该。

嘴上说着“活该”，身体却很诚实——很快，我就收到了温某人点的外卖：一碗红糖当归蛋。

三天后，我又收到了一份巨大巨沉的快递：两只锃亮的老式大暖壶。

我客客气气地说：“谢谢。”

温某人规规矩矩地答：“不客气。”

我盯着微信对话框里他特意加上的笑脸，心里却在犯嘀咕：知道吃冰粥是因为我发了朋友圈，可他又是怎么知道我的生理期的？

很久之后，我才知道这一切都是套路。

据温某人交代，我之于他，是他打的一场艰苦卓绝的攻坚战，此次战役分为：忐忑不安了解期、费尽心思接近期、若无其事观察期、循循善导引诱期、谋定后动得逞期，以及无原则、无底线宠爱小姑娘的漫漫无期。

呃——

了解、接近、观察、引诱、得逞……好吧，必须承认，我和温某人之间，是我主动表白的。后来很多次，我都心有不甘地抗议："表白这种事，还让我来，不应该是男人来吗？"

"可是，很多原因啊！"他委屈地解释，"最主要的一个原因是，一个小伙子没法跟一个 Boss 级别的姑娘表白——你不知道她朝向的是什么。"

"如果我不主动呢？"

"引导你主动。"

"如果我一直不主动呢？"

"奉陪到底！"

"心机！"

"小姑娘，这不是心机，这是真爱。"

也是很久之后，我看到胡杏儿说的这么一段话：我的前前任和前任都很棒。他们一个教我做成熟优雅的女人，一个教我做独立懂事的大人。但我最喜欢现任，他教我做回小孩。

温某人就是那个教我做回小孩的现任。

02

世界读书日期间，我受邀去当地一家军事院校做讲座，同行的还有其他四位作家。

我到得比约定时间早很多，便在主办方一位学员的陪同下在校园里四处参观。从校史馆出来的时候，那位学员接了一个电话后抱歉地表示他接到了临时任务，不得不离开。

我一个人倒也乐得逍遥自在，先是去了第一田径场对着单双杠、四百米障碍跃跃欲试；又去了第二田径场看了一会儿球赛；然后去了美式障碍训练场，在里面各种尬拍……等我匆匆赶去吃午饭的时候，一食堂只剩寥寥几人。我随便点了几样饭菜，不好意思地对旁边一位穿着体能服的学员说："小哥哥，请帮忙刷个卡，我微信转钱给你，谢谢。"

饭卡"叮"的一声，然后，我听见他说："要不，加个微信吧？"

我也不是忸怩的人，就近找了一个座位坐下，点开我的微信二维码，他侧过身子来扫，然后，他的手机屏幕上赫然显示着我的头像、地区和个人相册……绿底白字的"发消息"三个字让我无比震惊。

Are you kidding me?

他也一脸蒙："什么时候我们互加好友了？"

于是，两个人开始低头翻看聊天记录。

原来，早前他们学校的文学俱乐部招新，在图书馆一楼大厅摆放了易拉宝，作为一名资深文学爱好者且日日出入图书馆的学霸，温某人对着活动二维码随便那么一扫，结果——

"秒退——你们那个群里各种通知，很烦。"

"秒退你还加了我？"

"可能是命中注定吧。"

——这就是我们的初遇。

饶是我浸淫出版行业十数年，见过各种各样为了推动情节而设计的狗血巧合，我也不得不承认，很多时候，草蛇灰线，伏脉千里，注定相遇的两个人，命运在一开始就埋好了伏笔。

03

五月中旬，“中日科幻文学巅峰论坛”在京举行，日本著名科幻小说家田中芳树先生应邀出席，另一位重量级嘉宾则是中国科幻小说作家最杰出的代表、第 73 届世界科幻大会雨果奖最佳长篇小说奖得主刘慈欣先生。

此次论坛，我有幸代表中国作家上台发言：“我是田中老师和大刘先生的忠实粉丝。为什么说忠实呢？因为我刚刚跨越 1500 公里，从长沙赶到这里。我要特别感谢主办方给我、给所有银英粉这个机会，此时此刻我非常激动，也非常开心，我想说的话很多很多，但千言万语汇成一句话——我们的征途是星辰大海，加油！”

我把这段话一字不差地发到了朋友圈，瞬间获赞无数，评论里充斥着各种羡慕嫉妒恨，只有温某人私下给我发了条消息：

我看到了我的爱恋

我飞到她的身边

我捧出给她的礼物

那是一小块凝固的时间

时间上有美丽的条纹

摸起来像浅海的泥一样柔软

她把时间涂满全身

然后拉起我飞向存在的边缘

这是灵态的飞行

我们眼中的星星像幽灵

星星眼中的我们也像幽灵

我看着台上憨态可掬又妙语连珠的大刘，在微信里写下这样的回复：

同为军人，知道我们之间最大的区别在哪里吗？你们按照可能的结果来决定自己的行动，而我们，不管结果如何，必须尽责任，这是唯一的机会，所以我就做了。

这回，温某人不再跟我打机锋，说了人话："方便帮我签一套《三体》吗？"

我想都不带想地回复："当然不方便。"

是真的不方便。

这次活动的流程安排得特别紧凑，我根本没机会也没时间找大刘签名，哪怕我们的座位只隔了一排，更何况，我马上要赶去下一个会场——爱奇艺世界大会，也是我此次北京之行的重中之重。

我是在地铁上收到温某人的回复的：一个哭脸的表情。

看着那串长长的眼泪，不知道为什么，我心里居然有点难过。

04

缘分本就是天时地利的迷信，不认识之前，温某人安安静静地躺在我的微信通讯录列表里，是个完完全全的陌生人，而一旦认识了，我们之间的交集便不可思议地多了起来。

五月底，我去Z市出差，谈一个IP合作案，然而我的助理凯凯却少带了一份十分重要的物料，现做是肯定来不及了。

凯凯急得要哭："要不，我连夜回去取一趟吧？"

这个方案当然行不通——我和凯凯还要磨合很多谈判的细节，再加上明天他负责路演的上半场：讲解；我负责路演的下半场：答疑。作为一个完美主义者，我对任何事情的要求都是务必尽善尽美，更何况是这么重要的一场商务谈判，若是让凯凯当天晚上跑个来回，那他第二天的状态肯定会受到影响，甚至会影响谈判结果。

“安排同事送过来吧！”我只能出此下策。

在交代完凯凯之后，我鬼使神差地发了一条朋友圈：万能的朋友圈，明天有人到Z市吗？求带个东西。

几乎是秒回，温某人说：“我。要带什么？”

我连爬带滚地点头哈腰：“一份物料，大概是个高120厘米的圆柱体。方便吗？”

对面的人显得有点吊儿郎当：“方便。我就当多扛一个火箭筒咯。”

“火箭筒”送到的时候，天边刚刚泛起鱼肚白。

我趿着拖鞋，睡眼蒙眬地下楼。

背对熹微晨光站着的男人，高大、模糊。

我抬头，第一眼看到的是他衬衫上第二颗雾霾蓝的纽扣；再往上，是突出的喉结和紧绷的下颌线，新剃的胡楂像一小片青草地；再再往上，是一双冷峻又清澈的眼睛。

温某人将物料塞到我怀里，手指带着一丝淡淡的硝烟的味道。

他说：“时间来不及，我就不送上去了。你自己收好，我走了。”

我当时并没有跟他道别。

春末夏初的清晨还带着丝丝凉意，我独自一人站在空旷的风里，一动不能动。

我想了很多，又好像什么都没想。

我摸出手机，打了一个电话：“亲爱的，一定要帮我一个忙……我要一套签名版《三体》。”

我的心，像大雨将至，那么潮湿。

05

回长沙的当天我就收到了快递，于是给温某人发消息：“帮你搞了一套签名版《三体》，聊表谢意，周末约一个？”

没想到他一点儿也不见外：“聊表不够，若真要谢我，再帮我买一口锅。”

“要锅干什么？”

“做饭。”

莫不是戏弄我吧，军事院校，还能开小灶？

我半信半疑，但最终还是按照他发过来的图片，去超市里精心挑选了一口不大不小的双耳锅。

我在学校东门见到温某人的时候，他似乎已经等了很久了，满头大汗，令我感到吃惊的是，他右手居然拎着一兜鸡蛋——原来是真的要开小灶啊。

温某人在前面带路，却并没有进学校，而是七拐八绕地带着我走了很长一段路，来到一栋僻静的居民楼前。他一边领着我上楼一边轻描淡写地说：“借的朋友的房子。有个战友受伤了，我得给他补补。”

说话间，门开了。

正对着门的沙发上坐着一位皮肤黝黑的小伙子，他向前伸直的左脚上缠着厚厚的纱布，见我进来了，咧嘴一笑，晃着一口大白牙打招呼道：“楚河老师，你好！”

我一愣，他是怎么知道我是楚河的？

温某人无视我脸上的诧异，介绍说：“我最好的兄弟，二营长方浩同志。”

方浩应声，坐直，“啪”地敬了一个礼。

这也……太正式了吧……

我有点蒙。

搞了半天，温某人所谓的“补补”就是亲自下厨做饭，他给我倒了一杯水，嘱咐方浩陪我在客厅聊天，自己转身进了厨房。

方浩性格开朗，很是健谈，从他滔滔不绝的回忆里我拼凑出这样的过往——

某年九月，温庭璋、方浩和韩宇三个人相遇于一所军事院校迎接新生的大巴上，随后又被分在了同一个大队，尤其是温庭璋和方浩，他俩非常幸运地被安排在了同一间宿舍，连床位都是上下铺。他们三个人经常一起跑五公里武装越野、过四百米障碍、单双杠练习，还有徒步行军拉练……风里来雨里去的，就这样，三个人建立了深厚的革命友情，人送称号“图腾三人组”。

本科毕业后，“图腾三人组”又一起远赴西北，扎根于基层，书写忠诚，实现梦想。

为了证明自己，“图腾三人组”还多次参加全军的各种比武和集训，在多次军事演习、军事训练、外出执勤中，三个人分别荣获二三等功多次……时至今日，“草原狼”温庭璋为某边防作战部队的侦查科长；“平原狼”方浩为某副营长；“森林狼”韩宇为部队机关宣传干事。

这一次，是温庭璋和方浩一起回母校进修。

我透过玻璃看着温庭璋在厨房忙碌的样子，突然觉得很温馨，不知怎的，等我反应过来的时候，我已经站在厨房里了。

说是厨房，实则没有半点厨房该有的样子，里面虽然通了水、电、气，但是锅碗瓢盆一概没有——怪不得让我买锅呢，果然是借来临时对付的。

我的厨艺……我那根本不叫厨艺好吗，而温庭璋，虽然因为出公差在食堂帮过几次厨，学过几道菜，但技术也好不到哪里去。最后，两个人忙活了半天，才勉强凑齐三菜一汤：拍黄瓜、西红柿炒鸡蛋、辣椒炒肉和海带蛋花汤，都是最普通的家常菜。

三个人围着桌子坐定。

方浩才吃了一口西红柿炒鸡蛋就感慨万千："好吃！就冲着这口鸡蛋，我跟你说老温，再为你受一次伤我也愿意！"

怎么，方浩受伤是因为温某人？我有点吃惊。

可显然温某人不这么认为："为我受伤？还不是因为你太莽撞、太冲动，都多大的人了……就不能改一改？"

这话说的……

方浩果然急了："不是因为你？你说你好好的干吗非要跑去凑热闹？"他饭也不吃了，转头看着我："楚河老师，我跟你说……"

我循声望去，却见方浩面色一紧，有点被噎到的样子："吃饭，吃饭……"然后，他小心翼翼地看了温某人一眼，低下头，默默扒饭。

我笑笑地看着不再作声的方浩——刚刚那个眼神，分明包含了一位合格好兄弟怒其不争、欲言又止，以及满腹委屈的复杂情绪。

而且，他跳话题跳得也太生硬了吧！！！

我看着碗里堆得高高的鸡蛋——都是温某人给夹的，我也低下头，扒饭。

一定发生了什么事，而温某人却对此三缄其口——就在刚刚，温某人自以为不动声色地踢了一下方浩的脚，可是，桌子那么小，大家坐得那么挤，他踢方浩的同时也踢到了我……

确实发生了一件事，只是要等到很久以后，等到我见了韩宇，我才会知道温某人当时到底对我隐瞒了什么。

而此时，距离我见到韩宇，还隔着一个酷热的夏天、一个甜蜜的秋天，和半个漫长的冬天，我一直要等到苹果落地、蝗虫成灾、麦茬遍立、万物凋零，答案才会轻轻浮出水面。

而那个答案，让我在乌鲁木齐十二月的大雪纷飞里，哭得不能自已。

06

这次送书，我很心机地夹带了私货——我自己刚刚上市的新书《伸出手，抱一抱还在努力的自己》。

我特别诚恳地说："请多指教。"

温某人也特别诚恳地配合我的表演："不敢不敢，回头一定好好拜读。"

结果，回头一指教就变成了："就你写的这种吧，我觉得关中野客写得挺好，还有大冰，你多学学人家！"

……

对不起，我去学习了。

又过了几天——

"我感觉你可以多写一些有意义的作品。"

"比如？"

"《平凡的世界》《白鹿原》这样的，就很好。"

……

对不起，是在下输了，告辞。

07

就温某人这种画风，我才不会没事找事地给自己添堵。

于是我开始礼貌地疏远他。

温某人应该也明显感觉到了我的疏离，那段时间，我们的交流越来越少，渐渐地，就连彼此朋友圈的"点赞之交"也懒得维持了。

我们漫长的一生中，每个人注定会与某个人相遇，然而这种相遇就像茫茫人海中偶然相交的两条线，在交汇的时刻互放光芒，彼此映照着行进一段，或许一起爬过高山，也可以一起蹚过泥泞的小河，但最终，他们必然会“与君同舟渡，达岸各自归”。

原本我以为，我和温某人之间，也是如此。

可是——

有生之年，狭路相逢，终不能幸免。

六月初，那家军事院校的文学俱乐部举办了一系列文化活动。

一场诗会结束，我在学术交流中心的门口跟接待我的学员礼貌告别，然后一个人慢悠悠地在久违的大学校园里晃荡。

夜风清凉，空气中有淡淡的栀子花香，整个校园空旷寂静，偶尔有人经过，就像大型的猫科动物，沉默而又迅捷。

突然，一辆车轻轻停在我的身侧，高大英俊的男人将头探出车窗：“楚河老师！”

我茫然抬头，原来是温某人。这一次，他穿了制服，苍茫的夜色中，整个人有一种肃穆冷峻的气质。

“上车吧。”他一副公事公办的口气，“我送你回家。这边不好打车。”

“啊……好，谢谢啊。”

一定是夜色太美太温柔，我才会稀里糊涂地上了他的车。

车上高架后，温某人开始絮絮叨叨地说话，我翻着手里的诗会会刊，有一搭没一搭地回应。

不到半个小时的车程，他说了很多，再加上之前跟方浩聊到的，我大概总结了一下有关他的信息：温庭璋，男，28岁，内蒙古包头人，单身……

我频频点头：“可以、可以，不错、不错，挺好的、挺好的……”

他似乎挺开心，语调有轻微的上扬，眉眼也慢慢松懈下来。

下车的时候，我特别真诚地说："小哥哥这么优秀，单身多浪费啊，放心，介绍对象的事包在我身上。"

温某人瞬间好像被雷劈了。

怎么，他这么生猛地推销自己，不是为了让我给他介绍对象？

温某人沉吟了一下，说："好！谢谢楚河老师。那么，楚河老师知道我喜欢什么样的姑娘吗？"

我想都没想，直接就大包大揽："都可以，你喜欢什么样的你说，我替你留意……"

别的不敢讲，我这个圈子里，多的是有料又有趣的优秀小姐姐。

温某人突然就笑了："以后再慢慢告诉你。"说完，下车，绕过车头，替我拉开车门，"时间不早了，快回去吧。"

"啊……好，谢谢啊。回去的路上注意安全。"

我边走边想——

就总编办的阿九吧，颜值能打，身材高挑，往温某人身边一站，出门的话这回头率得爆表。其实发行部的衣衣也不错，一行走的开心果，特能逗人开心，每天热情洋溢的，倒是能给温某人单调的生活带去不少乐趣。或者，设计师方小姐的妹妹小晴也不错，前两天一起吃饭的时候，她还说她的生日愿望是"脱单脱贫不脱发"，小晴乖巧秀丽，甜美可人，做事认真，会是个又懂事又让人省心的女朋友。

……

我想我一定是走得太急太快了，不然为什么我的胸口这么闷？

我回头看了一眼，温某人正半倚着车门抽烟，斑驳的夜色将他的影子拉得很长很长，我看不清他脸上的表情，只隐约觉得，这个人，真的是……真的是……

临睡前，我在手机搜索框里一字一顿地敲：两杠一星。

搜索结果显示：《中华人民共和国预备役军官法》规定，预备役军官军衔设三等十级——尉官：少尉、中尉、上尉；校官：少校、中校、上校、大校；将官：少将、中将、大将。

原来是少校啊。

这个时候，手机屏幕恰巧进来了他的消息：晚安，小姑娘。

那么——

晚安，温少校。

08

六月莎鸡振羽，七月在野。

七月，我在那所军事院校经历了一场声势浩大的离别——文学俱乐部的很多成员，毕业的毕业，分流的分流——离别就是这样让人猝不及防。

我们围在一起，说说笑笑，很多人笑着笑着就哭了，哭着哭着却很难再笑了。

此去经年，山高水阔，八千里路云和月，当是后会无期。

那么——

愿你们聚是一团火，散是满天星。

愿你们繁花似锦，谷粒满仓。

愿你们四时平安，万事胜意。

我在朋友圈看到温少校也发了类似的场景。

我捏着手机，举目四望，依依惜别的师生，手足情深的战友，互道珍重的亲友，难舍难分的恋人……大家红着脸，噙着泪，到处都是离别的愁绪。

人潮汹涌，四处喧嚣，我找不到那双熟悉的眼睛。

09

要么读书，要么旅行，身体和灵魂总有一个在路上。

这不是矫情，更不是铺天盖地的文青狂欢，而是我穷其一生想要追逐的隐秘的伤。

塔尔寺，大金瓦殿，我带走一枚菩提叶。

海拔 3820 米的拉脊山，雨雪不管不顾地扑过来，我躲闪不及，眼泪汹涌而出。

青海湖的水，一层一层淹没我的脚背，绵柔而动听。

清晨五点的黑马河，金乌跃出水面，周遭一片惊呼。而我，独享一个日出。

茶卡盐湖到处都是穿着红裙子的小姐姐，我在一叠明信片上写满祝福与思念。

一场奇遇，误入德令哈，海子诗歌陈列馆大门紧闭。

穿越 500 公里的无人区，在雅丹魔鬼城呼啸的西北风中，我安静地抽完一支兰州。

莫高窟 259 窟，在“东方蒙娜丽莎”神秘的微笑中我匍匐在地：

“伏愿龙天八部，长为护助，城隍安泰，百姓康宁；次愿甘州小娘子，承此善因，不溺幽冥，现世业障，并皆消灭，获福无量，永充供养。”

鸣沙山，熊熊篝火映照着无数年轻的脸庞，有人大声歌唱：“让我们红尘做伴，活得潇潇洒洒。策马奔腾，共享人世繁华；对酒当歌，唱出心中喜悦；轰轰烈烈，把握青春年华……”

我西出阳关、玉门关。

嘉峪关，却出长城万余里，东西南北尽天山。

张掖七彩丹霞耀红了苍穹。

祁连山顶经年不化的积雪在阳光下如钻石般璀璨。

我轻轻掩住眼睛，沉沉睡去。

我从梦境跌落，落入星河辽阔，落入丛山万座，谁把岁月蹉跎，谁在耳边絮叨——

他说，十万狮子吼佛像的弥勒寺。

他说，不过是晶莹了卷曲的睫毛。

他说，此时相望不相闻，愿逐月华流照君。

他说，Busy old fool, unruly Sun, Why dost thou thus, Through windows, and through curtains, call on us? Must to thy motions lovers' seasons run?

他说，人生这冗长的一餐，你是世间所有的盐。

他说，今夜我不关心人类，我只想你，姐姐。

……

刺骨的疼，我猛然惊醒，揉着麻木的左腿，扭过头，车窗外，透过开满鲜花的月亮，依稀看见某人的模样。

10

2018年9月11日，23点57分，我的微博弹出了一条消息：

@唐家三少：我的木子走了。

简简单单六个字和一个句号，我的心却猛地一沉。

木子就是李默，唐家三少原名张威。

2015 年，唐家三少的奶奶因病失忆，他怕自己以后也会失忆，于是决定写一部小说来纪念他与妻子的美好时光。在这部小说里，男主人公叫“张长弓”，女主人公叫“李木子”。

然而，天予多情，不予长相守——

小说写到差不多三分之一的时候，木子罹患乳腺癌。

到如今，须臾三年间，长弓永失所爱。

生、老、病、死、爱别离、怨憎会、求不得、五阴炽盛。

人间八苦，无人幸免。

滚滚红尘，唯有怜取眼前人。

网友们都说：木子走了，长弓一定要坚持住，继续热爱这个世界。

他对她说：木子，愿你如天上星，亮晶晶，永灿烂，长安宁。

我对他说：温庭璋，路途遥远，我们在一起吧。

11

我是楚河，天秤座，B 型血，经营一家文化公司，带着两个孩子，出过几本书，去过很多很远的地方。

其实，除了“楚河”之外，我还有许多其他称呼——

商业合作伙伴会客客气气地称我一声“黄总”，助理凯凯毕恭毕敬地呼我“老师”，设计师方小姐喊我“女神大 Boss”，大多数同事则是亲切又有点距离感地叫我“河姐”。

只有温庭璋，无师自通地唤我“英英”。

他是除父母之外，第三个唤我“英英”的人。

他说：“英英，我喜欢你。”

他说："英英，我等你，等了好久。"

《诗·小雅·白华》有云："英英白云，露彼菅茅。"

英英，轻盈、明亮，形容音声和盛，俊美而有才华，光彩、鲜明……"英英"几乎包含了所有美好的寓意。

多年以前，某个秋日的清晨，西北小镇，一个男人给他刚刚出生的小姑娘取名"英英"，祈愿她一生顺遂，平安喜乐。

可是，当时的他并不知道，他的小姑娘，三岁就会被确诊为髋关节脱位，十七岁还会遭遇一场车祸；当时的他并不知道，他的小姑娘，终其一生，不得不沐雨栉风，砥砺歌行。

就像——

多年以后，某个秋日的子夜，阴雨缠绵的南方小城，另一个男人说："英英，总会有这么一个人，他可能在努力，走到你面前。"

可是——

当时的我并不知道，他说的那个人，就是他自己。

没想到我一大老爷们，还有"被约稿"的一天，十分受宠若惊。英英写的关于我俩的东西，这不是我第一次看，但每次看，都会忍不住窃喜，原来我是一个如此优秀的男人啊。哈哈开玩笑的，其实我也很感慨缘分的奇妙，就像我们第一次遇见的时候，我也没想到就那么随意一扫，就给自己扫出了一个女朋友。

你要问我对英英是不是一见钟情，我也不好答，男人和女人的神经不一样，但你可以想象这么一个场景：一个走在食堂里思考着午饭吃什么的男人，一抬眼瞧见一个因为不能刷卡不能付现而没法吃饭继而懵懂无措的姑娘，那一刻突然感觉自己被治愈，为什么能被治愈……很简单，原来有人比我还迷茫，关键是还能迷茫得如此可爱。

——节选自《温少校手札》

01

因为工作的性质，我频繁地外出公干。

虽然一个人风风火火走南闯北习惯了，但还是路痴得一塌糊涂。这一次是去北京，和一家新的合作方谈有声版权，会面地点我不熟，出了地铁口，举着手机，照着对方发过来的定位按图索骥，不一会儿，我就晕头转向了。

我很焦躁，发微信向温少校抱怨：“我又迷路了！！！”

“你在哪里，你要去哪里，定位都发给我。”他很快就找到了路线，“你往东走。”

“东是哪里？”

“你看太阳。”

我抬头。

“太阳在我头上！！！”

他发过来一个吐血的表情，又迅速撤回，然后画风就变了：“你个小傻子。多想跟你说‘站着别动，我来找你’。”

是啊，“站着别动，我来找你”这种安全感，因为他职业的特殊性，他想给我却给不到。突然间，我感到很心疼。

“说了多少次了，我要把你抢出来，你倒是来给我当压寨夫人啊！”

“好啊，你等我。”他耐心地安抚我，“现在开视频，听我指挥，我带你去你要去的地方。”

果然，听了少校指挥，我很快就找到了会面地点。

“别着急。”他反而有点替我紧张，“先去一楼大堂的卫生间，洗把脸，补个妆。撸起袖子加油干！”

“Yes,Sir.”

等我找到卫生间，刚要把手机塞进包里准备洗脸的时候，屏幕上弹出来一条消息：小姑娘，谢谢你迷路到我身旁。

02

我正在整理青甘大环线的游记，温少校突然问我：“你知道我想去哪里吗？”

那段时间正好流行各种土味情话，于是，我逗他说：“我的心里！”

“不是！”钢铁直男果然撩不动，他特别认真地说，“我想去夏尔西里。”

“夏尔西里是哪里？”

“夏尔西里是一个国家级自然保护区，那里有高山，有平原，有戈壁，动植物资源都很丰富，但几乎没有人类活动的痕迹，被称为‘中国最后的净土’……”

“高山、平原、戈壁，相差如此巨大的地形地貌汇聚在同一个保护区？真神奇！”我边感慨边打开了网页进行搜索，“我也想去！”

“好啊，这次回驻地，我就申请调过去。等我安顿好，了解清楚了，就带你去。”

突然间就很感动——

他知道我身负顽疾，不良于行，也知道我一直想去更远、更广阔的地方看一看，但他从不像别人那样质疑我：“你这身体，行不行啊？”或者讥讽我：“身体不好就别瞎折腾了！”

他告诫我说：“量力而行。”

他安慰我说：“这次没去成，又有什么关系，留有遗憾才是生活的本质。”

他许诺我说：“你想去的地方，我尽量都陪你去。”

“好啊，你等着我。”

“好啊，我等你，多久都等。”温少校的语气轻松随意，然后又说了一句什么，发音有点奇怪，我没有听清楚。

就在这个时候，网页打开了。

我看见百度百科第一条显示：夏尔西里，为蒙语，意为“黄色的山坡”。

温少校走了过来，和我一起看网页上的其他内容。

我不由得轻声念了出来：“到了新疆，才知道中国的疆域有多辽阔；到了夏尔西里，才知道中国的边防有多强大！”

我转头看着温少校，金色的阳光轻笼着他，他的侧脸看起来坚硬清隽，而他看着网页的目光却悠长、深邃，饱含深情。

我在心里默默地补上一句：“只有真正爱上一位共和国军官，才能明白中国军人的使命与担当、坚守与荣誉。”

03

录完网络综艺回来，我跟温少校绘声绘色地讲起了录制过程中的趣事，说着说着，我突然担心起来——我在节目里都说了些什么？！

其中有一段现在回想起来，完全就是自黑，而且还是尬黑。

“完了完了，节目播出以后，我会不会掉粉啊？”我的声音不由自主地拔高，“我现在就给节目组打电话，那一段一定要剪掉，一定要剪掉！”

“不用担心。”温少校一本正经地安慰我，“你才几个粉丝啊！”

我才几个粉丝?

想到微博上那可怜的三位数粉丝数量，我就没了底气——这还只是关注我的人数，真正喜欢我、喜欢我文字的，又有几个呢?

我有点难过，轻轻叹了一口气。

温少校立刻感受到了我的失落，他说:“英英，不管你有多少粉丝，但你一定要记住，我就是你的粉丝，永远的头号粉丝。”

他可真是说到做到啊!

第二天，他便给我看了他专门申请的微博：小河蚌在长大。

“为什么是小河蚌?”

“因为很喜欢你写的那个河蚌姑娘的故事。”他的声音很轻，却带着十二分的郑重，“你也是被时间和苦难打磨过后，闪闪发光的珍珠。”

04

我刚打开文档，准备写微信公众号这周的推送内容。

温少校突然说：“你写过我俩吵架吗？可以把吵架写一写——不吵架的爱情，不是完美的爱情!”

我朝他翻了个白眼:“写什么写，我们一转眼就和好了，不够写。”

“不，你觉得一转眼，可我觉得度日如年。”

我知道他说的是上周的事情，他因为要对抗演练，不方便及时回复我的消息，我则是因为一个商务谈判久攻不下而心烦气躁，于是借题发挥……他觉得我不理解他的职业，我觉得他不支持我的工作……三言两语，两个人便吵了起来。

虽然后来我们很快就和好了，但现在又提起来，我还是余恨难消!

“屁咧！明明你跟方浩在ＸＸ湖一起看落日呢，多浪漫啊，别以为我没发现。”

“你只发现了我和浩子看落日？”

“难道我还要发现你和方浩的‘奸情’？”

严格算起来，温庭璋跟方浩在一起的时间比跟我在一起的时间多多了，他们一起训练、一起学习、一起执勤，而我这个女朋友，只有在他外出或者休假的时候才能霸占他的一小段时间，我羡慕嫉妒恨的同时，揶揄方浩是“世界第一的情敌”。

方浩不承认，他说：“我算什么情敌……你的情敌永远只有一个，而且，他强大到你无论如何努力也战胜不了，你还是乖乖地屈服吧！因为，他的名字叫——祖国！”

呃……上交给国家的男人，还能怎么样呢，屈服就屈服吧。

而此时，上交给国家的男人却向我屈服了：“算了，你安心码字吧，我去卧室看会儿书。”说完，在书架上翻找了好一会儿，拿着一本不知道什么书，走了。

深夜十点的书房，静默如谜。

我对着文档写了删，删了写，怎么都进入不了状态。

——我太了解温庭璋了，本来他是要在书房陪着我的，现在突然躲去卧室看书，一定是因为受了委屈——虽然吵架那事儿早就过去了，但他一定觉得我对他没有用心，或者说，我没有发现他对我的用心。他这个人就是这样，从小到大，受了委屈从不肯直白地表现出来，而是闷在心里等着对方去发现，如果对方一直发现不了，他就自己慢慢消化，久而久之，便养成了现在这种傲娇又有些许冷漠的性格。也正是因为这种“生人勿近”的气场，跟他亲近的人并不多，浩子算一个，宇哥算一个，而我，我是他最亲密的女朋友啊。

我不能让他受委屈。

我跑去问方浩：“二营长，那天，就是对抗演练结束的那天，你跟老温，只是在一起看了落日？”

“是的，一共看了二十九次落日。”

我没听明白。

“二十九次？”

“是的，二十九次落日。”

“为什么是二十九次？”

“……”

“为什么是二十九次？！”

“叫哥哥我就告诉你！”

“滚蛋！”

熬到凌晨，稿子总算写完了。

等我蹑手蹑脚回到卧室的时候，温庭璋已经睡着了，地板上散落着他刚刚看过的书。我捡起来，发现其中一页有明显的折痕，凑近了看——

“有一天，我看了四十四次落日！”

过了一会儿，你又说：“你知道……特别忧伤的时候，人们就喜欢看落日……”

“那么，看四十四次落日那一天，你一定很忧伤吧？”

但小王子没有回答。

我想笑，这个男人真幼稚啊！

但很快又忧伤起来——

在我看来转眼就忘的一次小吵小闹，温庭璋因此却看了“二十九次落日”。

小王子的星球那么小，看四十四次落日是件很容易的事。

可刚刚过完二十九岁生日的温庭璋，把他小半生的落日都看了一遍啊，还真是度日如年啊。

我轻轻拥住他，心里反反复复想着一句诗：只要想起一生中后悔的事，梅花便落满了南山。

05

在跟合作方美丽的声优小姐姐探讨一个有声项目的细节——

小姐姐：“你今天怎么这么迟钝？反应总是慢半拍，这不像你啊！”

我：“嘤嘤嘤……因为，我在忙着跟男朋友聊天。”

小姐姐：“男朋友？！”

我：“是哒。”

小姐姐：“怎么突然就有了男朋友……”

我：“这事儿说来话长……”

小姐姐：“那就长话短说——带着我的祝福，滚蛋！”

我：“得嘞！”

小姐姐：“滚回来！”

我：“对不起，滚远了，回不来了。”

“那就远远地听着。”小姐姐显得特别郑重其事，“你一定要幸福啊。”

06

据传，二营长方浩同志是母胎solo（单身），我对此深表怀疑——浩子要颜有颜，要才有才，就算一心一意地早起早睡建设社会主义，但在“携笔从戎，强军报国”的路上，总有那么一两个小姐姐给他使过绊子吧？

温庭璋却坚持说：“没有，从来没有！”

我跑去向宇哥求证。

宇哥沉思良久，说：“这么跟你说吧，有一次，一个女孩主动约浩子跑半马，我们一看，妈呀，有戏，还帮他好好拾掇了一番……谁知，到了现场，他嫌人家女孩跑得慢，就自己先跑了，然后蹲在终点打游戏，一直打到手机快没电了也没等到女孩出现，他决定打个电话，电话接通了，女孩说学校有事就先回去了……他还觉得挺奇怪的。”

听完宇哥的讲述，我也沉思了良久，但我觉得浩子其实还可以再抢救一下，便把声优小姐姐的微信推送给了他——两人是同乡，且声优小姐姐拥军情结严重，应该会有戏吧。

我刚撕开面膜，就接到声优小姐姐打来的电话，她问我：“河姐，我能把那谁删了吗？”

“啊？谁啊？”

“就那个……方浩啊……”

“怎么了？”

“完全聊不下去，真的……一言难尽，我直接把聊天记录截图发给你吧。”

我把脸上的面膜仔细抚平，拿着手机进了卧室。

下一秒——

哎呀妈呀，我的面膜，不能笑，不能笑……

不能我一个人笑，我还是一字不落地还原两人的聊天记录，大家一起笑吧——

不羁的旅行：你好～认识一下不会为难吧～

声音摆渡人：你好［动画表情］

不羁的旅行：你这个表情是无奈吗～对于我这么可爱的男人～

声音摆渡人：啊？

不羁的旅行：我们这不是相亲～不要太紧张～放松一点～

[动画表情]

我叫方浩～以这种方式和你认识有点唐突～

希望你不要介意哦～

声音摆渡人：你是怎么知道的我啊？

不羁的旅行：这个其实不太重要吧～

重要的是我们两个现在认识了～

你说呢～

重点是我俩的相处对吧～

声音摆渡人：？？？

[动画表情][动画表情][动画表情]

不羁的旅行：放松～别紧张～

我不会吃人的～

声音摆渡人：是河姐介绍的吧？

不羁的旅行：这个真的重要吗～

我说了，重要的是我们两个人的相处～

声音摆渡人：呃……

我还对你一无所知……

不羁的旅行：我可以让你慢慢知道的～

我……

我先卒为敬……

可见，方浩同志母胎 solo 真的是有原因的。

另外，请问大家有什么好的方法，可以再次抢救一下二营长吗？

07

我去清华大学看“西方绘画500年——东京富士美术馆馆藏作品展”，特意给温少校拍了《向敌人进攻的第一帝国将军》，我矫情地说：“One should develop the habit of trusting oneself,and believe in one's courage and perseverance even in the most critical moment,My General.”

他视而不见：“又去吃食堂？”

“是呀是呀！”

他抓不着重点：“又找小哥哥帮你刷卡？”

“是呀是呀！”

他突然就不高兴了：“又加小哥哥的微信了？”

电光石火间，我get到了他想要表达的点：我去他的母校吃食堂，请他帮我刷了饭卡，他随后加了我的微信……

“你以为谁都跟你一样？”想起他那么随便地就加陌生人的微信——尽管彼时那个“陌生人”是我，我还是恶向胆边生，“看把你给闲的，没事就加人微信。”

“天地良心，我就是那么闲，闲得一看到你迷茫的样子就觉得……”

“觉得什么？”

“没什么。你忘了你当时手里拿着什么吗？”

“我手里能拿什么，不就是包吗？”

“你再想想。除了包，还有什么？”

我按照他的引导，仔细回忆，春末夏初，天气多变，我习惯随身带一条薄薄的羊绒披肩以备不时之需——我的膝盖啊，稍微变下天就疼痛难忍，做好保暖是我的日常必修课。

“披肩？”

“不是。”

我努力回忆，然而时间过去太久了，实在是想不起那天我有拿什么特别的东西。

我又特意去翻当天的活动相册，还是一无所获。

“没什么特别的啊，你是不是在诓我？”

“看把我给闲的，没事就诓你。”

“到底是什么，快点告诉我！”

“自己想！”

“告诉我！！”

“就不！自己想！”

后来，我专门找了那天同行的朋友和负责接待我的学员，一一求证，大家都不记得我手里有拿什么特别的东西，而温少校却一口咬定我拿了一样对他有致命诱惑的东西，但他就是不告诉我那东西到底是什么。

真讨厌！

我缠着问了很多次，但他始终语焉不详。

我几乎要怀疑我的记忆出错了，就像，我们初见的那一次，吃完饭离开的时候，他给我买了一杯饮料，我清清楚楚地记得是一杯酸梅汁，而他却坚持说他买的是绿豆汤。

08

我俩打车回家。

一上车我就开始戏精附体：“哎呀，我好像忘带钥匙了！”说着，便埋头在包里翻来覆去地找。

温少校现场就给我开上教育了：“你忘性怎么就这么大？！说了多少次了，出门前‘伸、手、要、钱’，你到底记住了没有？！”

我在心里朝他默默地翻了个白眼。

伸（身）——身份证。

手——手机。

要（钥）——钥匙。

钱——钱包。

我当然记住了，但他着急的样子，真的有点可爱诶。

我演得更卖力了，一边继续翻找一边装委屈："记住了记住了！你不是难得外出一次吗，我这不是为了赶时间吗，出门的时候一着急就给忘了。"

温少校无语凝噎。

眼看车就要到小区门口了。

我装作很着急的样子，问："你带身份证了吗？咱俩可能要去开房了……"

"没带！"温少校头也不抬地说。

"那怎么办？"我更着急了，"你回去拿一趟？"

温少校抬头，似笑非笑地看着我："可我带了军官证啊。"

我一把抓出钥匙，朝他脸上砸了过去："臭流氓！"

09

温庭璋一直诟病我说："你贪图的不过是我的美色，在Z市酒店的大堂里，你的口水都要流到地板上了！"

"哪有！"我连忙辩驳，多少带着点儿恼羞成怒的意思，"我那是还没睡醒好吗，流口水怎么了？喝你家水了？吃你家大米了？"

"没没没，以后给你喝、给你吃还不行吗？"他小声嘟囔，"那你是从什么时候开始喜欢我的？"

"我可不是见色起意，更不是贪图美色。"我认真地纠正，"我对你动心，是在你给我唱第四首歌的时候。"

"第四首歌？"他听来很疑惑，"我唱的第四首歌是什么歌？"

是啊，他给我唱了那么多首歌，从民谣到摇滚再到爵士，从汉语到粤语再到外语，从初恋的怦然心动到热恋的如胶似漆再到失恋的黯然神伤，哪一首歌才是第四首歌呢?

“《一次就好》？”

“不是。”

我还来不及说出第四首歌的歌名，就听见他说：“不说了，集合了。”接着便是电话挂断的忙音。

我盯着手机的屏保照片：北方秋日空寂的旷野里，年轻的共和国军官，扛着火箭筒匍匐在一片枯草里，荒漠迷彩突显得他肩宽、腰细、胯窄、腿长、屁股翘……我咽了咽口水，打开音乐软件，建了一个歌单：温少校的歌。

……

风到这里就是粘，粘住过客的思念，雨到了这里缠成线，缠着我们流连人世间。你在身边就是缘，缘分写在三生石上面，爱有万分之一甜……

也许是来自军人骨子里的那点保护欲作怪，女孩子在我面前表现得太独立太逞强，我会觉得心疼，英英有时候就是这样，所以和她在一起后，我都尽可能地把她当个小朋友惯着。我知道这样很自私，毕竟因为我职业的性质，我能陪伴她的时间很少，再加上她有两个孩子，独立强大是她必须具备的。可我总是希望她能抛掉这些东西，专心地做我的小姑娘。

我很喜欢《小王子》这本书，当然不仅仅是因为羡慕小王子拥有能在一天内看四十四次日落这么好的条件。小王子遇见了那么多的人，这些人看似千差万别，实则又千篇一律，他们都是被现实同化了的人。我希望我的小姑娘不论在外面的世界如何独当一面、所向披靡，到了我这儿，就当个被宠的小孩吧。

——节选自《温少校手札》

01

忘了那次是因为什么生温少校的气，但清楚地记得，随后他有一个重要的考核，我便“大人有大量”地表示可以先不计较，一切等考核结束再说。

失联三天后，温少校给我发的第一条消息是：“宝宝，不要再生气了嘛。”

我秒回：“没生气啊，不是当时就暂停了吗？说是等你考核完再生。”

“还能这么生？”

“我说能就能。”

“那，你给我生猴（孩）子……也能暂停啊？”

“这个不能。”话一出口我就觉得不好意思了，立刻向他发难，“谁要给你生猴（孩）子啊？臭流氓！”

“英英啊。”

“我才不要！你不是想要五个宝宝吗，我可生不了那么多。”

温庭璋真的很喜欢孩子。他一直遗憾自己是独子，很羡慕我有兄弟姐妹；在外面看到小朋友的时候特别和蔼可亲，一点也不像他平时那么严肃；对我的两个孩子更是亲得不得了，经常带着他们一起捣蛋，三个人把家里搞得一团糟，再笑嘻嘻地看着我跳脚！

“我就是想要五个宝宝啊。你看，你是老宝宝，姐姐是大宝宝，弟弟是中宝宝，然后我俩再生一对龙凤胎，哥哥和妹妹，一对小宝宝。你自己算算，我是不是有五个宝宝？”

不知道为什么我突然就脸红了，憋了半天才憋出一句：“你才是老宝宝，不要脸！”

温某人轻声笑：“好啊，我们一起慢慢变老，一起做个老宝宝。”

果然不要脸！

哼！！

02

和温少校一起去幼儿园接弟弟放学。

一上车弟弟就开始抗议：“妈妈，你星期五不要再送我上幼儿园了。”

我一脸蒙：“为什么？”

“因为我不喜欢吃馄饨。幼儿园星期五都是吃馄饨，我不喜欢。”

“哦，那你喜欢吃什么？”

“我都不喜欢吃。我不喜欢吃鹌鹑蛋，我不喜欢吃生菜，我不喜欢吃小米粥，我不喜欢吃紫菜汤，我不喜欢吃木耳，我不喜欢吃鸡蛋，我不喜欢吃土豆丝，我不喜欢吃胡萝卜，我不喜欢吃花菜，我不喜欢吃黄瓜，我不喜欢吃鸡腿，我不喜欢吃肉……”

好小子！几乎把幼儿园这一周的食谱都报了个遍！！

温少校摸了摸好小子的头，以示安慰。

“那怎么办？你不喜欢吃这个也不喜欢吃那个，那你就长不大，也长不高。”我谆谆教导。

“可是，我喜欢吃草莓啊！”

“草莓是水果，不能当饭吃！”

“我就喜欢吃草莓！”弟弟一扭头，“温叔叔，给我买草莓。”

“好咧，我们现在就去买草莓。”

“草莓万岁！温叔叔万岁！”

“……”

老母亲想打人。

03

一打开冰箱，我就发现中午才买的冰激凌少了一支，多半是被姐姐偷吃了。

我：“姐姐，你偷吃冰激凌了？”

姐姐：“没有。”

难道是弟弟去上围棋课之前偷吃了？等弟弟回家再问问他吧。

我关好冰箱，舔着冰激凌，进书房赶稿，留温少校陪姐姐在客厅里玩儿。结果我忘拿眼镜了，只好去卧室里再拿，路过客厅的时候刚好听见两个人的对话——

温少校：“姐姐，你偷吃冰激凌了？”

姐姐：“没有。”

温少校：“你吃的是巧克力味儿的还是草莓味儿的？”

姐姐：“草莓味儿的。”

我：“……”

晚上睡觉的时候，温少校给我科普了 Jean Piaget（让·皮亚杰）的儿童认知发展过程的四个主要阶段：感知运动阶段、前运算阶段、具体运算阶段和形式运算阶段。

他说：“姐姐这个年龄，刚好处于前运算阶段，即她的思维很片面，她倾向于从自己的角度出发，去看待事物和进行思考。”

“说人话！”

“姐姐认为你的思考方式和她是一样的。”

“简单来说，诱导她按照我的思路回答问题，就对了？”

温少校笑而不语。

我跳下床，光脚跑进姐姐的房间。

我：“姐姐，你偷吃冰激凌了？”

姐姐：“没有。”

我：“你吃了一个，还是两个？”

姐姐：“一个。”

我：“哈哈哈……”

04

弟弟把姐姐用橡皮泥做的蝴蝶掰断了，姐姐生气了，眼看就要哭了。

弟弟解释说：“我只是想把它做成一个新的东西。”他并不知道干透了的橡皮泥不能像软的时候那样随意揉捏，他也委屈得要哭了。

危急时刻，温少校出马了。

他安慰姐弟俩说：“没关系，叔叔来帮你们搞定。”

他用胶水把断掉的蝴蝶翅膀和头粘在了一起。

看到恢复如初的蝴蝶，姐弟俩破涕为笑。

温少校说：“出现问题不要怕，温叔叔会帮助你们的，男人就是用来解决问题的。”

姐姐听了之后，又有了新的疑问：“那女孩子是用来干什么吗的呀？”

温少校想了想：“女孩子嘛……女孩子只要负责美美的就好啦。”

姐姐心领神会：“好的，我和妈妈只要负责美美的就好了。”

我“扑哧”一声笑了出来。

05

我迷迷糊糊地睡着了，很快就感觉到浑身黏糊糊的，让人很不舒服，我皱着眉头，难受地翻了个身，随即就感受到一阵凉风。

我半睁开眼睛，看到温少校拿了本书，在给我扇风——他知道我很抗拒空调：生姐姐的时候是盛夏，整个月子期间我都开着空调，那个时候死倔死倔的，老人讲了也不听，于是便落下了各种月子病，久治不愈，我便无理取闹地对空调深恶痛绝。

凉风习习，我很快进入了梦乡。

突然，“咚”的一声，书跌了下来，把我惊醒了。

我睁开眼睛，看到的却是弟弟——他还小，厚厚的一本书，他拿不稳。

“温叔叔呢？”

“姐姐说要吃水果，他就去厨房洗（水果）了。”

“嗯。妈妈不用扇扇子了，你也去跟姐姐一起吃水果吧。”

“那好吧。”

弟弟说完，跑出去了。

我又迷迷糊糊地睡着了，恍惚中，有人进来了，俯下身，给我喂了一颗葡萄。

我半眯着眼睛砸吧，他又伸出手，让我把葡萄皮和葡萄籽吐在他的手心，然后又亲了亲我，出去了。

嗯，真甜。

06

接姐姐放学，她一脸的不高兴，哄了半天，亲亲抱抱举高高，还是开心不起来。

我问：“到底怎么了啊？”

姐姐不说话，眼睛看向车窗外。

我轻轻抱住她，拍着她的背，又问：“怎么了游游，告诉妈妈，不管什么事，妈妈都会帮你的……”

“今天体育课，旁边的男孩子都不牵我的手！”

“为什么呀？”

“因为我太笨了！”

“我的游游哪儿笨了？她聪明着呢！”

“说我成绩不好，说我是笨蛋！”

呃……

姐姐的考试成绩确实不怎么样……我在想，到底要怎么安慰受伤的小女孩呢。

我还没想好说辞，就听见温庭璋气呼呼地说：“那个男孩子才是笨蛋呢，大笨蛋！姐姐这么可爱，这么漂亮，他还不牵姐姐的手，真是笨蛋到家了！”

我朝温庭璋翻了个白眼，从善如流地说：“成绩不好，我们就继续努力。一两次考试，说明不了什么问题，妈妈知道游游一直在努力呢，我们不是每次都在进步吗？成绩会越来越好的！”

“真的吗？”

“当然是真的啦！”

温庭璋却开始插科打诨：“成绩有什么要紧，游游每天开开心心的就好了！”

我忍不住又朝他翻了个白眼。

过了两天，我收到一份快递，打开一看——

《笔顺描红》《部首描红》《好字行天下》《看图说话写话训练》《一周一首古诗词》……

温少校，请问你还能再口是心非一点吗？

07

晚饭后散步回来，我切了一盘橙子搁在客厅的茶几上，提醒姐弟俩多吃水果。

弟弟很专心地吃了一瓣又一瓣，但他只会抓着橙子一顿乱啃，吃不干净。

我拿起一瓣橙子，给弟弟示范怎样才能吃得又美味又干净。

弟弟认真地观察了之后，拿起了盘子里的最后一瓣橙子。

姐姐不知道在书房干什么，等她出来的时候，橙子已经刚好剩下最后一瓣了——然而弟弟已经抢先一步抓在了手里，姐姐愣了一下。

我知道姐姐想吃，但是，无论是我，还是姐姐，直接开口跟弟弟讨要他手里的橙子的话，弟弟肯定不乐意。

姐姐看了一眼果盘旁边刚从小区超市里买的扭蛋，扭蛋里面是一只小鹿。

姐姐说："最后一瓣橙子就给小鹿吃吧。"

"好啊。"弟弟说着，开开心心地把橙子递了过去。

姐姐拿着橙子，假装喂一下小鹿，然后自己吃一口，再喂一下，自己再吃一口……

弟弟乖乖地看着，还时不时地提醒说："该喂小鹿啦！"

就这样，姐姐顺利地吃完了整瓣橙子。

08

熟睡中，突然被人紧紧搂住，我吓了一跳，赶紧开灯。

昏黄的灯光下，温庭璋双眼紧闭，双手却紧紧抱着我的腰。

应该是做噩梦了吧。

我拍拍他的手，安慰道："没事没事，我在呢。"

"英英。"他带着浓重的鼻音，把我拉进怀里，下巴摩挲着我的头发，"英英，我做了一个可怕的梦。我梦见你……不知道哪儿去了，可能 gg（死亡）了吧，然后把两个宝宝留给了我，我带着他俩玩得贼嗨……姐姐坐在我腿上吃着薯片……我就这样当了爹……律师在旁边做了公证。我爸妈也默认了，说：'这俩孩子挺可爱的，既然楚河那么信任你，你就应该抚养'……"

我左蹭蹭，右蹭蹭，在他怀里找到了最舒服的角度。

"你放心，就算有一天我不在了，孩子们还有亲爹呢。"

"对，他来要孩子了，可是你把孩子的抚养权给了我，我在梦里还特硬气地跟他说：'只要有我一口吃的，绝对饿不着这俩孩子。'"

我失笑："你放心，就算有一天我不在了，还有老大呢。我跟你说过的，这个世界上我最信任的人就是老大。如果，我是说如果，有一天我真的出了意外，我托孤的人一定会是老大，不是你，你放心。"

温庭璋急了，声音陡然拔高："我放什么心？你为什么不信任我？两个宝宝怎么就不能托付给我了？弟弟是男孩子，要多摔打，交给我多好，海空陆火武，随便他挑……我那些战友可不是吃白饭的，保证给你培养出一个优秀的帅小伙。"

我无言以对。弟弟才多大啊，他怎么整天尽想这些有的没的。

他继续说："姐姐……姐姐就算了，都是大姑娘了，我一个大老爷们儿带也不合适。但我妈可以带啊，三姑也可以……"

"好了好了……"我打断他，"你刚刚是在做梦啊，又作不得数。快点睡觉吧。"

他叹了一口气，关了灯，睡觉。

迷迷糊糊中，有人把我的脸扳了过去，额头抵着我的额头，认真地说：“不管是不是做梦，英英，你都要信任我，我爱你，也爱你的孩子。”

我死死咬着嘴唇，不让自己哭出来。

谢谢你，温庭璋。

谢谢你爱我，也爱我的孩子。

我也爱你、信任你，请你放心，为了你和孩子，我会好好爱护我自己，我不会让自己那么容易就 gg 的。

09

去接姐姐放学，一上车她就问我：“奶奶说，如果下次考试我能考 100 分，就给我 100 块钱，100 块钱是不是什么都能买到？”

我不禁想起我的小时候，那会儿我最大的奢望就是能有 10 块钱，感觉手里握着 10 块钱仿佛就能买下全世界。

我忍不住笑了，说：“是啊，100 块钱是很多很多钱。”

在她所认知的世界里，100 块钱大概是世界上最大的钱了，大到可以买下所有她想要的东西吧。

“那是不是我想要什么零食就可以买什么零食？”她睁大了美丽的大眼睛。

我忍住笑意，回答：“是的。”

回家的路上，她陷入了沉思。

进电梯的时候，她忽然又问我：“100 块钱可以买床吗？”

“床？”我不明白她为什么会忽然想买床——小朋友的思维有

点太跳跃了，我怀疑我听错了。

“是啊，床！”

“睡觉的床吗？”

她点点头。

我迅速思索了一下，100 块钱显然买不到床，但我该怎么回答她呢，是继续让她对 100 块钱抱有美好而雀跃的认知，还是让她对真实的世界有所认知呢？

我选择了后者：“100 块钱买不到床。”

她愣了一下：“那是 200 块钱吗？”

“不是，要一万多。”

“一万多？”

“嗯，就是 100 个 100 块钱。”

“100 个 100 块钱？！”她用她的小脑袋瓜认真地思考着，掰着手指头计算，“是 100+100+100+……+100 吗？”

“是的，100+100+100……一共加 100 个 100。”

她终于理解了，惊讶地说：“原来床这么贵。”

我们从电梯里面出来，来到了家门口，我拿出钥匙开门。

她认真地说：“所以，家很贵，是吗？”

我推开门，牵起她的小手，认真地回答：“是啊，家很贵。”

10

早上十点多，正是我一天最忙的时候，突然接到姐姐的班主任张老师打来的电话，说是姐姐哭得很厉害，怎么哄都哄不好，要我马上去学校一趟。

我简单交代了一下凯凯，让他接手今天“紧急且重要”的工作，随后匆匆离开办公室，边按电梯边继续跟张老师沟通。

“张老师，游游为什么哭啊？”

“我说要请家长，她就哭了。”

这……不至于啊，之前我也被学校请过好几次，也没见她哭啊，这次是怎么了？！

“为什么呢？”

“她说千万不要请家长，妈妈知道了会生气，一生气，妈妈很快就会变老了。”

听张老师这样解释，我突然就明白了——

前两天，弟弟说起一件事儿：“我看到一个妈妈，脸上有八条皱纹，她说她的宝宝老是惹她生气，她一生气就会长皱纹，皱纹长到十条她的头发就会变白，头发变白她就老了……她老了就会变成天上的星星，她的宝宝就再也见不到她了。”

之前被请家长，我确实跟姐姐表达过“我很生气”，今天这事儿……虽然姐姐现在还不能理解生、老、病、死，但弟弟之前说的那些话，让她对“妈妈生气就会长皱纹，皱纹长多了就会头发变白，头发变白了宝宝就再也见不到妈妈了”这个认知心有余悸。

可是，为什么要请家长呢？

“她跟同学打架，小朋友下手没轻重，她把人家的脸抓破了……”

我吃了一惊。

从小到大，姐姐一直是个乖巧的女孩子，鲜少与人动手，但我也一直教导她“如果有小朋友不小心打了你，跟你说了‘对不起’，那就没关系；但是如果有小朋友真的打你，又不道歉的话，那你就狠狠地打回去，不用怕，有妈妈在……”姐姐这次出手打人，看来事情还蛮严重的。

我赶到张老师的办公室，看到姐姐的眼睛红红的，见我进来了，小嘴一瘪，又要哭出来；旁边站着一个小男孩，眼皮耷拉着，此刻正扭来扭去的，脸上确实有几道血痕。

我赶紧跟小男孩道歉，接着又跟张老师了解了一下情况，最后，我蹲下来，抱住我的小女孩："告诉妈妈，为什么跟同学打架？"

小女孩在我怀里蹭来蹭去，声音闷闷的："他欺负田佳妮（化名）……说人家穿破的鞋子，田佳妮不理他，他就踩她的脚，还揪她的辫子……我说不让他揪，他就又揪我的辫子，揪得我好疼……我是不小心才打到他的脸的……"

田佳妮我是知道的，她的爸爸妈妈都去世了，她跟着以捡废品为生的奶奶生活，至于说她的鞋子破……应该是，学校即将举行运动会，为了展现良好的班级风貌，家委会统一选购了班服，鞋子嘛，大家商议说穿小白鞋就很好，这鞋很多孩子都有，就不统一购买了，家长自己准备。现在看来，也许是田佳妮的小白鞋跟其他小朋友的不太一样吧。

"不管怎么样，主动打人是不对的，快跟人家道歉！"

小女孩不情不愿地跟小男孩道了歉，小男孩也扭扭捏捏地伸出手，两个人拉着手摇一摇，和好了。

回到家，我便联系了家委会的几位家长，委婉表述了一下田佳妮的问题，最后，大家一致决定，由家委会出钱购买一双小白鞋，拜托张老师以"这次小测试田佳妮进步非常大"为由，奖励给她。

运动会开幕式那天，义工家长们从现场传回来的照片里，我看到余天爱和田佳妮手挽着手，笑得很开心。小朋友们都笑得很开心。

11

为了弟弟幼儿园举行的"爱心满校园·真情暖人心"的义卖活动，我一大早便在卫生间折腾自己的头发——

吹个空气刘海，看起来好幼稚啊；

夹成直板，好土啊；

卷个波浪，显老；

……

温某人进出卫生间几次，每次都是摇着头出去：“女人真麻烦。”

我没好气地揶揄他：“你倒是想麻烦呢，就你那三毫米……麻烦得起来吗你麻烦……”

他刚想瞪眼睛……

“不准瞪，丑，憋回去！”

温某人还在想着怎么怼我，恰在此时，传来了弟弟的声音——

“白色的星星衣服？还是蓝色的亮晶晶的裙子？”这是弟弟在给我搭配衣服——虽然每次到最后我都不会采纳他搭配的方案，但他还是乐此不疲地给我提供各种搭配方案。

“弟弟，过来！”温少校突然找到了救星，“叔叔也帮你打扮打扮！”

弟弟进来了。

温某人拿起啫喱水仔细地抹到弟弟的头发上，开始给他抓发型。

“温柔一点呀叔叔，你不是‘温’叔叔吗？你怎么一点儿也不‘温’……”

“哦，抱歉，我轻一点……现在‘温’了吗？”

“有一点点‘温’，可是你一直抓抓抓，你是要把我的头发抓开花吗？”

“不是抓开花，是要抓出一个好看的发型，好了……现在给你定型。”

“定型？我又不是变形金刚……”

“定型就是把这个抓好的发型给固定住，让它一直这么好看。”

“很好看吗？”

“是呀！超级好看！”说着，温某人抱起弟弟，让他照镜子。

“真的超级无敌好看呢，谢谢叔叔。”

“那当然了，我跟你说，叔叔年轻的时候可会打扮自己了。”

“所以叔叔很帅，是吗？”

“完全正确！”

呃……男人之间的彩虹屁，简直让人无言以对，我朝温某人翻了一个白眼。

温某人的求生欲果然很强——

“妈妈好看吗？”

“当然好看啦，妈妈是小仙女呢。”

呃……小男人的彩虹屁……真香！

12

帮姐姐整理书包，发现了一张获奖证书和一枚奖牌。

“游游，上次的比赛得奖了呀，怎么不跟妈妈分享呀？”我拿着奖牌冲姐姐晃了晃。

“银奖，又没有什么……”姐姐小声嘟囔着。

“银奖也很好啊，你们在舞台上表演的时候，每个人都很开心呢。”

“是挺开心的。不过，老师说要是皮皮（化名）跳得再好一点就好了，大家就可以拿金奖了。”

“皮皮？”我隐约记得，比赛的时候好像确实有一个小朋友跟不上大家的节拍，“皮皮是后来才加入的吗？”

“不是，她来得挺早的。”

“那是年龄太小了吗？还跟不上大家……”

“她都 8 岁了。”

“8 岁了，比你大，她读三年级了吧？”

“没有，她也是读一年级。”

跟不上大家的节拍、8 岁、读一年级，我似乎有点明白了。

“皮皮是不是学起东西来有点慢？”

“是的，她总是不明白……老师教了很多次，就只有她不明白……”

我走过去，蹲下来，抱住姐姐：“那，作为小队长，你该怎么做呢？”

“我会跟她一起努力的，我以后早点去学校，多教教她就好了。”

“是的呀，刚开始，小朋友都是这个样子啦，多练习练习就好了。相信你们以后一定会拿到金奖的。”

“那就谢谢妈妈啦。”

13

弟弟大概是在幼儿园喝到了美味的蘑菇汤，所以这几天一直念叨着：蘑菇汤、蘑菇汤、蘑菇汤……

我又不会做，只能等温少校外出的时候，让他做给弟弟吃。

温庭璋牵着弟弟的手从超市回来后，一个人进了厨房，我啃着苹果跟了进去——

各种食材清洗干净；

番茄切成细细的条，冷锅热油，下番茄，翻炒，直到炒出番茄汁；

加一大碗清水，大火煮沸；

调成小火；

平菇撕成细丝，下锅；

香菇去蒂，切成薄片，下锅；

金针菇剪去老根，撕成小小的一份份的，下锅。

空气里弥漫着饭菜的香味。

“勺子呢？”

“啊？”我正盯着锅看得入神，看起来很好吃的样子诶。

“我的勺子在这儿。”说着，他欺身过来，一双眼似笑非笑地盯着我。

我吓了一跳，条件反射般地往后一倒。

“勺子在那儿……”我指了指右手边的储物柜。

“勺子明明在这儿！”熟悉的气息袭来，“‘勺子’在你们甘肃方言里不是说人傻的意思？”

“没错，你这个勺子！”

我反应过来了，一委身，想要从他的臂弯下钻出去，谁知，他的速度更快，反手拉住我，暗暗用劲儿一甩，我就被迫转了一个圈，正要吼他，谁知旋转后的我却扑进了他的怀里。

他用下巴蹭了蹭我的头发。

他说：“这个姑娘真的勺着呢。”

就在这个时候，锅里的番茄汤突然“咕噜”一声，冒了一个泡。

都说孩子是母亲的盔甲，也是母亲最牵挂的软肋，正是因为有了天爱天成的存在，英英才变得柔软又坚韧。毫不避讳地说，我也曾遗憾“恨不相逢未嫁时”，但遇见即合理，何况她本就孑然一身。

第一次见到天爱天成的时候，我就很喜欢这两个孩子，姐姐比较认生，容易害羞，弟弟则比较心大，和我很快就玩到了一块儿。后来接触的多了，姐弟俩一见到我就抱着我的腿喊“温叔叔”，让我不由得“父爱泛滥”。

二人世界固然美好，但多两个可爱的小孩也格外有趣。

还是那句话，我爱英英，也爱她的孩子，这一点永远不会变。

——节选自《温少校手札》

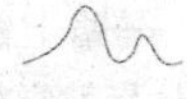

Chapter04

愿倾我所有保护他孩子气，也很愿意陪他跟怪兽较劲

01

我一直认为，思念一个人最极致的模样就是不远万里、不辞劳苦地去看他，于是，在一场纷纷扬扬的大雪中，我跨越两个时区，落地地窝堡国际机场。

我很骄傲，我没有把这份思念停留在冰冷的手机两端，而是实打实地去拥抱他，亲吻他，在他耳边轻轻地说我想他。

然而遗憾的是，没有拥抱，更没有亲吻——我抵达的时候，温少校恰好在执勤，是一个小战士去机场接的我，闽南口音的小伙子很羞涩，只是专心致志地开车。

凌晨两点的街道，寂静无人。

我的心一会儿滚烫一会儿冰冷——就要见到朝思暮想的那个人了，他瘦了吗？黑了吗？还是更壮了？我这段时间工作太忙，状态好差，真是又胖又憔悴……

……

终于，在我们分别33天之后，我见到了我的少校。

他站在旷野的风中，厚厚的棉大衣泛着清冷的光。

我冲过去，张开双臂。

他却迅速地往后退了一步，有点严肃地说：“影响不好。”

我噘嘴，瞪他。

他看着我笑："走。"

他大步往前走，我亦步亦趋地跟在后面。

地面明显被清理过，但大雪下个不停，马路上覆着一层薄薄的雪粒，很滑，我走得小心翼翼，可还是没走几步就觉得累。

我拽住他的袖子，摇一摇："你可以停一下吗？"

他停下来，用余光扫视了一下四周，确定没有别人。

他侧过身，摸摸我的头，语气温柔："我可以为你停留一辈子。"

我对摸头杀没有哪怕一点儿抵抗力。

我仰头看着他。

四周很安静，能听到雪簌簌落下的声音。

他也低头看着我。

他的眼里真的有星星。

他俯下身来："过来，我背你。"

少校的小姑娘趴在他的肩头，她在想：她这小半生，真的蛮幸运的——

家人、事业、爱好……可谓是求仁得仁，就算暂时遭遇挫折，也能逢山开路，遇水搭桥，她是打不倒的小小河。

至于爱情，她被深刻地爱过，当爱情消亡，她也曾心碎，也曾流泪，但最终，她慢慢自愈，亲手重建了自己的生活。

时至今日，她依然保持爱的能力，自爱，爱人，最终再次被爱。

她的人间一直值得。

雪越下越大，落在我的身上、脸上，还落进我的眼睛里，要不，我怎么会湿了眼眶？

突然想变成这纷纷扬扬的大雪，轻轻落在爱人的肩头，你伸手拂去也好，最好你毫无察觉，就这样，让我们一步一步，走到天光乍亮，或是哪天白发苍苍。

02

洗完澡从浴室出来，刘海湿漉漉的，贴在额前。

温庭璋坐在沙发上盯着我看。

“你现在给我的感觉，就跟我第一次看见你的时候，一模一样。”

“什么感觉？”

他走过来，帮我吹头发。

他的动作并不熟练，吹风机离得太近了，暖风烘烤得我头皮发麻，而我的手心也在莫名其妙地出汗。

他说：“那个时候，你刚买好饭菜，需要付款的时候才发现不能付现金，也不能刷微信或者支付宝，只能刷一卡通……你有点蒙，四处打量着，想要找人帮忙，懵懵懂懂的样子，看起来就像一只迷路的鹿。那个时候，我心里突然觉得，要是跟这个一脸迷茫又有点可爱的姑娘在一起的话，应该会很有趣。”

“所以，你对我是一见钟情？”

“没有，我跟你是命中注定。”

吹干头发，擦完身体乳，穿上他的体能服，往床上一躺，露出我的小短腿，打算撩他。

结果——

“你不冷吗？”

说着，他从我的行李箱里找出秋裤给我穿上，袜子也穿上，最后还不忘把体能服扎进秋裤里，秋裤扎进袜子里……

03

我睡觉认床，翻来覆去折腾了许久也没睡踏实，估摸着天快亮了，索性起身，蹑手蹑脚地去卫生间，打算洗把脸之后写稿。

然而招待所的水龙头实在是太难用了！我怎么调都调不出合适的水温，不是太凉了就是太烫了，我一着急，便扯着嗓子喊了一声——

“温庭璋！”

“到！”

男人一个鲤鱼打挺，下床，立正——两脚分开六十度，两腿挺直，两手自然下垂贴紧腿外侧。收腹、挺胸、抬头、目视前方、两肩向后张……

不用怀疑，这些动作要领，都是我后来背着温少校偷偷研究的，而当时……

当时，我的心里只有一句粗话，不知当讲不当讲——

这也太他妈帅了吧！

04

早上洗漱的时候，我发现束发带不见了，找了一圈儿没找着，就想着先随便找个皮筋什么的，临时扎一下头发……可是，翻遍了卫生间，一无所获！

或许是我动作有点大了，吵醒了温某人。

他睡眼惺忪地问：“怎么了？”

“就……找个皮筋啥的，扎一下头发，方便洗漱，但是找了一圈，没找着。”

“我来找吧。”接着听到他翻身下床的声音。

我开始刷牙。

不一会儿，温某人进来了，扬了扬手里一团黑乎乎的东西，说："先凑合用吧。"

我用牙齿咬稳牙刷，伸手接了过来，仔细一看——

我靠！

作战靴的鞋带！！

05

我是老派的80后，娱乐休闲基本就是看书、看电影，说到打游戏的话……上一次我打的游戏好像是《植物大战僵尸》，所以，温庭璋说要带我"吃鸡"的时候，我是拒绝的。

然而对于"游戏和女朋友哪个更重要"这样的问题，我的回答从来都是"当然是游戏和队友重要啦，让女朋友自娱自乐就好了"，所以，当外面飘起雪粒子的时候，我俩一致决定不出去逛了，就窝在招待所里，各玩各的好了。

温庭璋跟战友们一起打游戏。

我拿着Kindle看书，突然——

"楚河姐，救命！"

"这谁啊？叫错了吧。"我疑惑地抬起头问温庭璋，"我又没跟你们一起打游戏……"

"是胖子的女朋友……"

"喊错啦小仙女，我没跟你们打游戏呀，是老温在打！"

我话音刚落，就听到胖子大叫："楚河老师，救命！"

我一脸蒙，完全不知道发生了什么事。

温庭璋却笑了，深深看了我一眼，说："浩子，二宝……别堵了，都撤了，让胖子带着女朋友好好玩去吧。"

哦。原来你们打的是这个主意。

06

也是这一次，我终于见到了传说中的“森林狼”韩宇，一米八九的山东大汉，居高临下、肆无忌惮地将我从头打量到脚，然后讪讪地说：“你就是楚河老师啊！”

“你就是宇哥啊！”我毫不留情地反击，“传说中的宇宙钢铁直男，你好哇！”

其实，相处几天下来我发现，宇哥也不是那么直男嘛，至少温某人不在的时候，他会细心地安排我的衣食住行，既妥帖又周到。

我离开乌鲁木齐的时候，温某人又在执勤，宇哥主动请缨送我去机场。

凌晨三点的街道，依旧寂静无人，加了防滑链的越野车开得又快又稳。

我默默看着窗外迅速后退的行道树，难过得就要哭出来。

宇哥若有似无地瞥了我一眼:“楚河老师,你知道吗,那次出任务,就是去年六月，Z 市的那一次，其实任务名单中根本就没有老温，是他特意去向政委申请的。”宇哥若有似无地叹了一口气，“他杵在政委面前不走，死皮赖脸地要去，当时我们都以为他闲出毛病来了，可明明那段时间他们人人都忙成狗！”宇哥若有似无地摇头，“好说歹说不听，政委发了火，手里的文件劈头盖脸砸过去，他躲都没躲，反而笑着捡起来……”宇哥若有似无地瞥了我一眼，“后来才听浩子说，他是为了过去给你送物料……”

我终于哭出了声音。

宇哥接着说：“当天下午就出事了……最后百米冲锋的时候，自动步枪里有空包子弹，有个傻 x 突然在后面开了枪，子弹恰好擦着老温的耳边……浩子急了，直接扑过去，谁知用力过猛，扑进了壕沟，崴了脚……”

我哭得更大声了。

原来，这个男人，在我爱上他之前，就在默默地为我付出。

原来，这个男人，为我付出的，比我知道的要多得多。

“所以啊，楚河老师，”宇哥看着我的眼睛，眼神坚定，神情郑重，“请你，一定，要，善待他。”

哦——

上帝做证，这个男人，我会爱他、理解他、支持他。

上帝做证，我一定会好好善待他。

上帝做证，愿倾我所有保护他孩子气，也很愿意陪他跟怪兽较劲。

哦——

上帝做证，四海列国，千秋万载，只有一个温庭璋。

上帝做证，是我三生有幸能喜欢他，是我三生有幸被他回应。

上帝做证，情比金坚，情意绵长，我是少校三生有幸的小姑娘。

这一章看得我“老泪纵横”。在乌鲁木齐冬天待过的人，就会知道乌鲁木齐冬天的室外温度低得有多么丧心病狂。

所以英英说她要来找我的时候，我又喜又忧，喜的是终于能抱一抱我的小姑娘了，忧的是，我又要让一个女孩子来承担这千山万水的距离了，更别说她的腿疾在这种极端天气下极易复发。

见到她的时候，是凌晨，又在下雪，这个场景很适合煽情，但是当时我俩都异常平静。或许有人认为，异地恋相隔太久见面要狠狠地亲吻、拥抱才能证明彼此有多想念，我倒不以为然，安安静静地看着对方走在雪地上踩出一个个或深或浅的脚印，那感觉或许就是传说中的“岁月静好”吧。

不过，先别急着质疑，狠狠地亲吻、拥抱自然也是少不了的。

——节选自《温少校手札》

Chapter05 我有所恋人，隔在远远乡

01

乌鲁木齐下第一场雪的时候，我正在南京，和出版社谈一个重要的选题合作细则，晚上回酒店的路上，预料之中地又一次迷路了，我很着急地向温少校求助。

“你知道你现在在哪里吗？”

“不知道啊！知道了我还问你？！”

“你在我心里。”

这……

能不能正经一点……

“找到标志性建筑物，发照片过来。”

我对着前面最高的大楼举起手机，“咔嚓！”

“根本看不清你拍了什么。小傻子，开视频。”

能开视频还让我拍照……

“你往北，走六百米。”

“北是哪里？”

“就是你的左手边。”

好的好的，左手边我还是能分得清的，走六百米是吧，没问题！

“你知道北方有什么吗？”

“啊，不是我要去的 x x 饭店吗？”

“不是。北方有风、有雪、有群山，有你的爱人……”

呃，又来了！

这么会撩，怎么不去草原抓羊？！

“你知道我的左手边有什么吗？”

“《纪律条令》？”

“不是。”

“《队列条令》？《内务条令》？”

“都不是。我的左手边是信念和你。”

看着视频里他微笑的眼睛，我好像看见：

遥远的西北高原，大地尽头，群山之巅，寒风呼啸，雨雪交加，年轻的共和国少校，一脸坚毅，守护着他的祖国和人民，守护着他的爱人。

02

有一次，温少校给我发语音，说完之后忘记松开了。

他在那边跟家里打电话。

我听见他跟二叔说：“你不要再跟二婶吵架了，一个女人跟了你，你就要对她好，尤其是我们这样的职业，聚少离多，她苦得很。不要动不动就吵架，女人是要哄的……她哪里会错，她要是错了也都是因为你……”

这条语音，后来被我反反复复地听了很多次。

高原，没有4G网络，即便是固话，信号也不好，彼时，滋滋作响的电流的声音，战友翻动材料时沙沙作响的声音，二叔时不时大声反驳的声音……可我只能听到他的声音。

其实我知道他是故意没松开。

但我决定永远也不拆穿他。

就像后来的很多次，我们开着视频，隔着3500公里的距离和2个小时的时差，各忙各的——

我要在异乡的天空下，沉默寡言或大声谈吐，并且让你借我的沉默与我对话。

03

温庭璋打来电话的时候，我正在统筹爱奇艺《青春有你》的文稿。

温某人："在忙吗？"

我："是呀，今天要定稿，我正忙着看稿子呢。"

温某人："稿子好看吗？"

我："挺好看的，有帅气的小哥哥扯领带……"

温某人："那你慢慢看吧，我挂了！"

我："好的，拜拜。"

下午两点二十分，电话准时响起——乌鲁木齐和长沙有两个小时的时差，温庭璋每天午休前都要跟我通话，我们会互道午安。

温某人："还在忙吗？"

我："是呀是呀。"

温某人："就知道忙忙忙，你中午休息了没有？"

我："没有。在看帅气的小哥哥扯领带的视频呢，真的好帅！哎呀，我死了……眼神好迷人……我要被他的眼神杀死了！"

温某人："那你慢慢看吧，我挂了！"

我："嗯。你睡你的，午安。拜拜。"

挂断电话抬头，设计师方小姐冲我比了一个开枪的手势。

她说："你死了。"

我朝她翻了个白眼。

她又说："你家少校生气了！"

这有什么好生气的？

她继续说："你还看别的小哥哥扯领带，你家少校也可以扯领带诶，而且还是制服诱惑！”

对哦！

我怎么没想到？！一定是因为他跟我在一起的时候穿便服的次数太多了！

晚上视频的时候——

我：“男朋友，给扯个领带呗！”

温某人：“不扯，扯什么扯……”

我：“扯一个嘛！”

温某人：“不扯，你找别人去扯好了……”

我：“那我真去了啊！”

温某人：“你敢！！腿给你打断！！！”

我当然不会真的去找别人扯领带，我忙得要死。稿子交付、过审、下印、全国上市、营销……一大堆工作缠身，我都忘记“扯领带”这茬了。

突然，微信弹出一个视频请求。

接通。

温少校：“十五秒观赏时间。”

我：“啊？”

手机这头的我还一头雾水呢，他却已经开始扯领带，骨节分明的手随着身体左右摆动了几下，领带松散，露出一小片脖颈，半是迷离半是挑衅地冲我眨了一下眼睛。

我还来不及做出反应，视频就被挂断了！

这就十五秒了？

这么快十五秒的时间就到了？

穿了常服的温少校真帅，不多看几眼饱饱眼福实在是太亏了。

我赶紧回拨过去。

视频接通，他却已经换好了体能服。

“我还要！”

“乖哦，等我回去，亲自给你示范。”

“谁要你亲自示范了，臭流氓！”

“不要算了！”

“要要要。”我艰难地咽了一口口水，“你什么时候回来？”

“今晚。”

04

公司新项目需要验资，一时间现金流有点紧张，不记得说起什么的时候，我就那么跟温庭璋提了一嘴。

第二天一早，银行短信通知我的私人账户有一笔进账。

点开短信，我被那个数字吓了一跳，还没回过神来就接到了温庭璋的电话——

“钱收到了吧？”

“原来是你打的钱啊，你哪来的那么多钱？”

温庭璋早几年就已经在家乡买了房，就他那点死工资，每个月还房贷之后，还要自己吃喝拉撒、各种应酬……

“这些年攒的老婆本，几个理财产品也赎了回来，又找浩子他们几个拿了点，你先用，不够的话我再想办法。”

他这个人其实对金钱没有多少概念，但这么大一笔钱没有任何法律意义上的保障就直接给了我……我有点心虚，一时间竟不知道该如何是好，只好插科打诨。

“你什么时候变得这么财迷了？”

“和你在一起以后。”

“切，自己财迷就承认嘛，这锅我可不背！”

“真的。我想在长沙买套房，写我俩的名字。”

我有点反应不过来，在……长沙……买房？他买房还要写上我的名字?

仿佛整个银河系的烟火在我心头炸开，他说：“房子不用太大，一百来个平方米就好，光线最好的那一间给你做书房，我不在家的时候，你可以一个人在里面听歌、看书、看电影，无所事事地消磨时光。

“我如果休假了，就戴着耳机打游戏，你抱着电脑赶稿，键盘敲得噼里啪啦，我偶尔抬头看你一眼，然后继续打我的游戏。

“姐姐和弟弟在客厅里打闹，闹着闹着，弟弟哭了，凶巴巴的姐姐立刻变得温柔，给他吹吹，他就破涕为笑了，午后的风吹着窗帘轻轻飘动，我们坐在那里，不需要去管，只要含笑看着，就好。

他说：“英英，这就是我想给你的，我们的未来。”

距离是考验一段感情最直观的因素，倒不是说非要用异地去证明什么，但当一段感情走过漫长的异地还能坚守如初，磐石蒲苇的感情不外乎此。

更早一些的时候，我也是个黏人精，后来身上的使命多了，就必须卸下一些东西。再后来，回过头去看那些伤筋动骨的岁月，觉得没什么是不值得的。

腻在一起有腻在一起的甜，相隔两地不也有所谓的“小别胜新婚”？只要没有无端的猜忌和抱怨，异地恋虐起狗来自是当仁不让的。

当然了，还有一点是让我特别头疼的——英英是个十级路痴，每次她隔着屏幕和我说自己迷路了，而我又没办法给出正确指引的时候，我就恨不得变成孙悟空，翻个筋斗云就到她面前。

——节选自《温少校手札》

当我跨过沉沦的一切，向着永恒开战的时候，你是我的军旗

——温少校个人专访

Q：你觉得楚河是个怎样的人？

A：天真的人。

Q：喜欢楚河霸道女总裁的那一面吗？

A：喜欢。她的每一面我都喜欢，一开始是被她的优秀吸引，在一起以后才发现她的不完美，就越来越爱她了。

Q：对于可盐可甜这个评价，你接受吗？

A：“盐”是什么意思？不觉得我“甜”啊，其实我挺糙的，小姑娘老是嫌弃我来着……

Q：会不会因为长期异地而感到困扰？

A：不会。距离不是问题，霸道女总裁下班的时候说想我，等我加完班，她就已经在营区等我了——很早前看过她的一个朋友圈，印象深刻：我认真做人，努力工作，为的就是当站在我爱的人身边，不管他是富甲一方，还是一无所有，我都可以张开双手坦然拥抱他。他富有我不用觉得自己高攀，他贫穷我们也不至于落魄。

Q：说一件近期因为楚河而让你感到甜蜜的事情。

A：我在南京出完任务，晚上十二点的飞机到长沙，一推门，桌

子上放着茶颜悦色（尽管我不爱喝这玩意儿）和小龙虾；第二天早上九点多的高铁去广州，她早早准备了很多特产，送领导、送战友……挺细心也挺周到，真的是个特别棒的小姑娘。

Q：吵架了通常谁先认错？

A：我啊，当然是我！让小姑娘低头，那怎么可能……

Q：在外执行任务与楚河长期失联时，心理活动如何？

A：肯定又给我发了好多信息，微信没收到回复就发短信，短信没收到回复就骚扰浩子，浩子不回复就找宇哥吐槽……肯定又翻白眼了，不知道翻了多少个了……

Q：一段好的军恋是如何维持的，有没有什么秘诀可以分享一下？

A：爱、信任、理解、包容，尽力而为。

Q：你觉得楚河有没有很吃“制服诱惑”这一套？

A：那肯定啊，强迫我穿常服跟她约会就不说了，还经常花两毛八强行购买变装服务，体能服、作训服、迷彩服、常服，就连毛衣、棉衣、大衣都不放过……

Q：楚河写书的过程中，有没有发生什么好玩的事情？

A：还挺多的。印象深刻的是有一次她在北京出差，不太方便，我就说我给她写日常，结果我临时有任务，写不了了，她就哭了……一直到现在，我都不知道她哭什么，我也不敢问。

Q：分享一下和姐姐、弟弟的相处模式吧。

A：就各种陪，其实孩子很好哄的，陪他们疯玩就好了。

Q：未来有没有结婚的打算？

A：我的打算都是以小姑娘的打算为前提。

Q：退伍之后，想和喜欢的人去过怎样的生活？

A：退伍？我还没想过，但希望小姑娘能早点“退休”，随军。

Q：来一句属于军人的告白吧。

A：我不在的时候，照顾好自己和孩子，能不能完成任务？

未完待续……

@Winny 楚河

请持续关注《爱有万分之一甜》

本书即将上市

当当网，京东商城，淘宝网，各大门店均有销售